짧은 시집

짧은 시집

초판 1쇄 인쇄   2013년 06월 21일
초판 1쇄 발행   2013년 06월 28일

지은이   김 남 웅
펴낸이   손 형 국
펴낸곳   (주)북랩
출판등록   2004. 12. 1(제2012-000051호)
주소   153-786 서울시 금천구 가산디지털 1로 168,
우림라이온스밸리 B동 B113, 114호
홈페이지   www.book.co.kr
전화번호   (02)2026-5777
팩스   (02)2026-5747

ISBN 978-89-98666-84-2 03810

이 도서의 국립중앙도서관 출판시도서목록(CIP)은 서지정보유통지원시스템 홈페이지(http://seoji.nl.go.kr)와 국가자료공동목록시스템(http://www.nl.go.kr/kolisnet)에서 이용하실 수 있습니다. (CIP제어번호 : 2013009259)

시련을
견디어내는
사람은
행복합니다.

- 야고보서 1장 12절

짧은 시집

김 남 웅 지음

book Lab

차 례

바람

바람은 먼 데서 와 먼 곳으로 가는데
집안에 간혀 방 밖을 못나가네
귀를 스쳐가는 이름 모를 그대여
대신 멀리 가서 온 세상 구경한 뒤
돌아와 밤새도록 얘길 나누세

격려

못해도 괜찮소
그대는 그대이기에
언제나 소중하오

신발

낡은 신발이 새 신발보다 좋네

비 오거나 눈 올 때 함께 할 수 있는 건

깨끗한 신발 아닌

같이 늙어가는 낡은 신발

맑은 시집

그림

마음이 답답해 먼 하늘에
손가락으로 그림을 그려보네
아무리 그려도 흔적이 남지 않아
허무해지기만 하는데
눈을 감았다 떠보니
세상에서 가장 아름다운
그림이 그려져 있네

기적

사람은 언제 죽을지 모르는데
오늘 사는 것이야말로 기적 아닌가요

짧은 시집

연습

웃는 연습을 시작했는데

아직 잘 되진 않지만

성공하면

그대에게 보여주고 자랑하겠소

짧은 시집

희망

희망은 언제나 바보 같아서

날 속이지 않네

선물

친구여 내 생일엔 선물로
미안하다고 말할 수 있는 용기를 주게

맑은 시집

미안해 ♡

마법사

마법사가 된다면
이런 마법을 한번 써보고 싶네
내가 싫어하는 사람들을
사랑하게 해달라고

읽기

내 속마음을 읽어주세요
내가 날 사랑하는데
거짓이 없는 것처럼
그대를 사랑할 수 있게

팖은 시집

숙제

오늘의 숙제
슬퍼하거나
괴로워하지 말기

추억

마음이 괴로울 때는
눈을 감고 잠을 자는데
깨어나 보면
추억이 돼있네

1등

사랑을 가르쳐주는 학교가 있다면

거기서 1등을 하고 싶네

푸른 시집

불사

아무도 외롭지 않은 날은 없어

사랑은 죽지 않네

순수

아무도 사랑을 배울 수 없어

사랑은 언제나 순수하네

친구

미안해, 란 내말에
난 오늘도 너의 친구가 되네

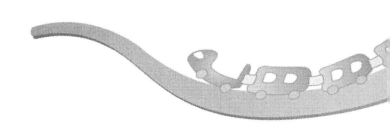

짧은 시집

의인

염라대왕에게 저승사자가 여쭈었다
의인은 천당과 지옥 중 어디로 갑니까
염라대왕 왈, 의인은 지옥에 간다
어째서 그렇습니까
지옥엔 도움이 필요한 영혼이 많기 때문이다

짧은 시집

꿈

세상이 내 뜻대로

안 되기에

난 꿈꿀 수 있네

생각

생각 말자 생각 말자
욕망에 찌든 인간 생각
고통스러울 뿐이니

짧은 시집

꽃다발

선물 받은 꽃다발 향은 좋은데
밉고 고운 꽃이 섞여있어
가게에 가 봐도 그런 것 뿐
집에 와 고운 꽃만 빼고 버렸는데
맡아도 맡아도 향이 나지 않아
다시 주워와 꼭 안아주었네

그녀와 나

그녀가 울고 있는데
난 울지 말라고
말하지 못했네
이상한 표정 지어
그녀를 웃겼지만

짧은 시집

친구2

외로움과 친구로 사귄지 20년이 넘었는데
나쁜 기억 머릿속에서 춤춰도
남을 사랑하게 해주는 그대가 좋아
우리우정 변치 않길 바라네

가을비

가을하늘엔 비가 내리고
바람은 소리 내며
창문을 때리네
밖에 나가기 싫은 강아지는
내 무릎 위에서 자고
누나는 날 위해
진한 차를 끓이는데
함께 모인 우리 셋
서로 화목하여
가을비가 고맙기만 하구나

짧은 시집

소망

세상일 마치고 우리같이

지금을 웃어넘길 수 있길

낡은 시집

책

책에 먼지 쌓이고 그것도 모른 채 살다
가장 더러운 책 보여 닦아줬다
한번 훑어보다 하루 만에 다 읽어
제일 재밌는 책 되었는데
한 구절이 있어 계속 보게 되네
가장 보잘 것 없는 사람이
가장 소중한 복을 받더라

요리

요리하는 건 얼마나 즐거운 일인가
향긋한 냄새 코를 자극하고
부드럽고 담백한 맛은 혀를 자극하네
그래도 가장 좋은 건
사람에게 생명을 주는 일이니
이 얼마나 기쁘고 즐거운가

맑은 시집

예레미야와 엘리야

영원히 살기 위해 사람을 죽여 생명력을 흡수하는 마법사 엘리야가
있었다. 수많은 용사들이 그를 죽이려 했으나 실패하고 살해당했다.
그런데 예레미야라는 앳된 양치기 소년이 엘리야를 죽이고
오겠다고 했다. 사람들은 모두 비웃었다. 그래도 예레미야는 개의치
않고 엘리야가 사는 곳에 갔다. 그 후 5년이 지나 엘리야는 죽었다.
양치기 소년은 양치기 청년이 되어 돌아와 울며 슬픔에 잠겼다.
사람들은 그에게 왜 슬퍼하는지 물었다. 예레미야는 말했다. 친구가
죽었어요.

낡은 시집

사울

사울이라는 남자가 있었다. 그는 자기 모습이 싫어 집을 떠나 마법을 배워 변신의 달인이 되었다. 그는 여행 다니며 아름다운 남자의 모습으로 변신을 거듭했다. 그러다 한번은 변신을 잘못해 살인범으로 몰려 쫓기는 신세가 되었다. 그는 부모님 집으로 도망쳤지만 문전박대 당했다. 변신한지 오래 되어 자기 본 모습을 잊어버린 거다. 사람들은 사울을 붙잡아 돌로 쳐 죽였다. 그때서야 마법이 풀려 사람들은 엉뚱한 사람을 죽인걸 알았지만 이미 후회해도 소용없는 일이었다.

샘

아주 작아 평소에는 사람들에게 잊혀진 샘이 있었다. 그런데 가뭄이 들어 다른 샘이 다 말라도 이 샘만은 마르지 않았다. 사람들은 주린 배를 채우기 위해 이 샘물을 마실 때면 그 맛이 세상에서 가장 좋다고 느끼다가도 가뭄이 지나고 나면 그 맛이 예전만 못해 금세 잊는다고 한다. 알 수 없는 건 다시 가뭄이 오면 이 샘물을 마신 이들마다 그 맛이 세상에서 가장 좋다고 느낀다는 것이다.

짧은 시집

헤로데

헤로데라는 왕자가 있었다. 그의 생일이 다가오자 헤로데 왕은
여러 가지 값비싼 선물을 줬지만 왕자는 그런 것에 익숙해져
선물들을 대수롭지 않게 여겼다. 어떻게 하면 왕자가 좋아하는
선물을 줄 수 있을까 고민하던 왕은 왕자에게 낡은 의자를
하나 선물했다. 왕자는 처음에는 짜증을 내다 그 다음에는
대수롭지 않게 여겼고 그 다음에는 의자에 많은 관심을
쏟았다. 왕자는 직접 의자를 수리해 안락의자로 만들었는데
그 의자는 왕자가 받았던 수많은 선물을 제치고 왕자가 가장
아끼는 물건이 되었다.

팥은 시집

레아와 벤냐민

밤에는 미녀가 되고 낮에는 미남이 되는 사람이 있었다. 그의 이름은 레아와 벤냐민이었다.

그는 자신의 비밀을 숨기며 살았다. 레아는 요한과 사귀는 사이었는데 요한은 벤냐민을 싫어했다. 살로메는 벤냐민을 사랑해 고백했지만 거절당하자 벤냐민이 레아와 몰래 사귄다고 요한에게 말했다. 요한은 벤냐민에게 결투를 신청한다. 벤냐민은 거절했지만 소용없었다. 결투 전날 밤 요한은 레아에게 벤냐민을 쓰러뜨리고 당당히 청혼하겠다며 내일 이 시간에 여기서 만나자고 했다. 레아는 자기 비밀을 말했지만 요한은 믿지 않았다.

다음날 결투에서 벤냐민은 싱겁게 요한의 손에 죽는다. 기다려도 레아는 나타나지 않고 혹시나 하는 마음에 벤냐민의 시체가 있는 곳에 가보니 거기엔 레아의 시체가 있었다. 요한은 자살기도를 하고 그 후 미친 사람처럼 지내다 삼년간 외지를 떠돌다 와서 벤냐민의 살아있을 때의 모습을 조각했다. 그게 지금 남쪽 공화당에 있는 조금 슬퍼 보이면서 따뜻한 미소를 짓고 있는 소년의 조각상이다.

파란 시집

즈카르야

즈카르야라는 심약한 천사가 있었다.
그는 할 줄 아는 게 사과하고 우는 것 밖에 없고
머리가 나빠 배우질 못해 주변인들에게서 미움을 샀다.
말도 잘 못하는 그 때문에 죄지은 사람이 많았는데
사람들은 죽고 나서야 그가 천사라는 걸 알고 후회했다.

사라와 람

사라라는 여자는 걱정이 많았다. 어느 날 그녀가 남편 람에게 걱정거리가 많아 괴롭다고 불평했다. 게다가 열심히 기도해도 걱정거리는 사라지지 않는다고 했다. 람은 말했다. 그래서 우리가 행복한 거예요. 신을 잊지 않고 열심히 기도할 수 있잖아요. 걱정이 없어 봐요. 그럼 우린 거만해져 신을 잊고 그분의 노여움을 살지 몰라요.

사라는 그 말을 듣고 다시 기도에 전념할 수 있었다. 걱정거리를 주셔서 감사하다고.

짧은 시집

바라빠와 솔로몬

바라빠라는 도둑이 있었다.

그는 살면서 온갖 나쁜 짓을 저질렀으나

죽는 순간 회개해 천당에 갔다.

솔로몬이라는 상인이 있었다.

그는 평생 열심히 기도하며 남몰래 선행을 베풀었는데

죽는 순간 신을 부정해 지옥에 갔다.

짧은 시집

아도니야

아도니야라는 아름다운 청년이 있었다. 그는 미녀를 좋아해
여자를 여러 번 사귀었다. 그러나 시간이 가면 식고 마는 사랑에
좌절해 독신주의자가 되었다. 하지만 외로웠던 그는 미녀를
조각해 자기 방에 놓고 매일 안아줬다. 그래도 조각에 대한 사랑
또한 식기는 마찬가지였다. 그래서 그는 조각을 자기 모습으로
고쳤는데 아도니야는 세월이 가면서 늙어가는 자기 모습 그대로
조각을 수리했고 죽는 날까지 그 일을 멈추지 않았다고 한다.

짧은 시집

루시엘과 미카엘

절대 서로 사랑하지 않는
악마 루시엘과 천사 미카엘이 있었다.
그들은 무인도에 떨어져
서로 필요에 의해 돕고 살다 결국 사랑에 빠졌다.
무인도를 나올 기회가 있었지만
그들은 사랑이 변할까 두려워 영원히 무인도에 남았다고 한다.

아비야

아비야라는 어부가 있었다.
그는 물고기를 불쌍히 여겼다.
그래서 고기가 잡히지 않는 날엔
물고기가 죽지 않게 된 걸 기뻐하며
그날의 노동에 대한 위안을 얻었다.

이사이

난 왜 사는 거지, 란 궁금증을 갖고 있는 이사이라는 소년이 있었다. 그는 아무리 생각해도 답을 찾을 수 없었다. 그러던 와중에 머리가 아팠던 소년은 일이나 하자고 생각하곤 돈벌이를 하며 시간을 보냈다. 그래도 답을 찾을 수 없었다. 그래서 그는 결혼해 아이를 낳았다. 이 녀석은 그 답을 찾아주겠지, 라는 기대감에 그는 자신을 괴롭히던 궁금증을 날려 버릴 수 있었다. 그리고 그 아이를 잘 키우는 데 자신을 희생했다. 그것이 내가 사는 이유라며.

짧은 시집

요시야

전쟁 통에 애인을 잃어버린 요시야라는 남자가 있었다. 그는 전쟁이 끝난 뒤 한참이 지나서야(소년이 할아버지가 될 때쯤에야) 애인을 찾을 수 있었다. 그 애인은 이미 다른 사람과 결혼해 손주를 돌보고 있었는데 아직도 자기를 찾고 다녔다는 요시야에게 감동하여 그의 가족에게 뭔가를 해주고 싶었지만 요시야에게는 가족이 없었다. 다만 요시야는 이렇게 말했다. 우리 죽어서 다시 만나 사귀자. 그때까지 기다릴게. 요시야의 옛 애인이 대답했다. 응.

짧은 시집

책 읽기

어느 한 나라의 여왕은 걱정이 많았다. 아들이 책을 읽지 않는 게 그 이유였다. 그래서 여왕은 신하들에게 재밌으면서 교육도 되고 누구나 읽어도 좋아할 만한 책을 3개월 안에 만들라고 명령했다. 연구진들은 재밌는 책을 만들어보고 교육에 중점을 둔 책도 만들어보고 누가 읽어도 좋아할 만한 책도 만들어 봤지만 이런 책을 만드는 건 처음이라 실패만 계속했다.

그러다 시간이 지나 3개월을 넘겨 버리자 연구진들은 더는 못하겠다며 포기했다. 여왕은 그들을 벌주어 감옥에 가뒀으나 곧 사면시켰다. 왕자가 그들이 남긴 3개월간의 거듭된 실패의 기록을 담아낸 일기에 푹 빠져 들었기 때문이다. 여왕은 연구진들에게 상을 내렸고 왕자는 독서광이 되었다. 연구진들은 상을 받은 뒤 누가 먼저라고 할 것 없이 일기 쓰는 걸 생활화 하게 되었다.

짧은 시집

하멜

하멜은 잠에서 깨어나 기분이 상쾌했던 적이 언제였던가 생각했다. 어릴 적엔 그런 기분이 들었는데 나이를 아주 많이 먹은 지금은 도통 그런 느낌을 느낄 수 없었다. 울고 나서 잠들었던 때의 기억이 겨우 생각났다. 깨어나서는 이상하게 마음이 편안했었는데…. 그는 울어보려고 했지만 눈물이 나오지 않았다. 그래도 괜찮다며 그는 잠들었다.

꿈속에서 그는 가장 아름다웠던 때의 자신이 석양이 지는 때에 피아노로 슬픈 곡을 연주하는걸 보았다. 그는 잠깐 멈출 수 있다면 좋겠다고 생각했다. 그는 피아노를 치던 자신이 다가와 그의 눈물을 닦아주고 그의 입술에 입을 맞춰주는 걸 보았다. 그는 자신의 모습을 만져보려 했지만 꿈에서 깨어나고 말았다. 때는 참새가 지저귀는 아침이었다. 원인을 알 수 없는 상쾌함이 가득함을 그는 느낄 수 있었다.

짧은 시집

골동품가게

이 세상에는 신이 정하신 위대한 법칙이 한 가지 있다. 시간을 낭비하는 사람은 없다는 것, 세월이 지나고 나면 모든 일이 밝혀지듯 사람은 언젠가 피어나는 꽃이라는 것이다. 그런 사람들이 쓰고 쓰고 또 쓰는 것은 이유가 있는 법이다.

중요한 것을 찾는 자여, 잊히지 않는 것을 찾는 자여, 오라! 여기에 그대의 숨결이 묻을 또 하나의 보물이 잠들어 있으니, 라고 가게주인은 간판을 장식하고 장사를 했다. 위대한 스승이 길을 가다 그걸 보고 말했다. 아! 장사는 이렇게 하는 것이다.